DU STYLE

DU MÊME AUTEUR

Georges et Louise, 1 vol. 2 fr. »

Le Travail est-il la liberté ? Quel est l'homme le plus libre ? 1 vol. . . . . 1 fr. 50

La vraie cause du mal profond qui règne dans nos études classiques. — Le remède à ce mal. 0 fr. 30

L'Art d'acquérir la science et d'apprendre à écrire. 1 vol. . . . . 2 fr. 50

Propter Sion non tacebo,
et propter Jerusalem non quiescam. (Isaïe.)

DU STYLE

PAR

L'Abbé J^H^ OLIVE

(De Cette)

Docteur en Théologie de l'Université de St-Thomas

PARIS

Victor SARLIT, Libraire, rue de Tournon, 19

MONTPELLIER

Félix SEGUIN, Libraire, rue Argenterie

1874

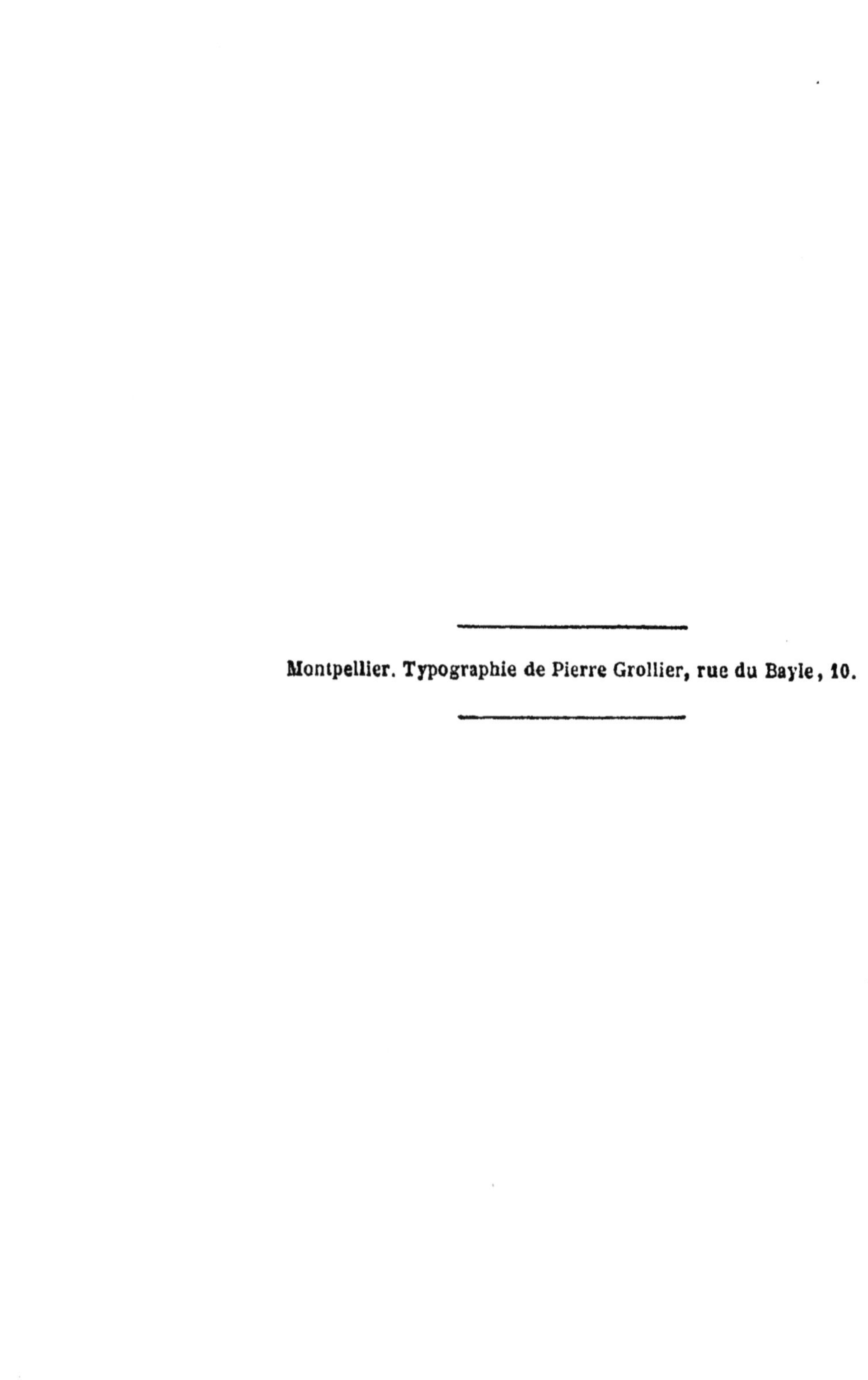

Montpellier. Typographie de Pierre Grollier, rue du Bayle, 10.

PRÉFACE.

Après avoir composé l'ouvrage intitulé : *L'Art d'acquérir la Science et d'apprendre à écrire*, j'ai pensé qu'un traité dans lequel je ferais connaître les conditions ou qualités essentielles du style, serait d'une grande utilité pour celui qui veut apprendre à exprimer ses pensées d'une manière correcte et agréable : j'ai fait ce traité et je le donne aujourd'hui au public.

Je ne parle pas des défauts du style, ni des figures de mots et de pensées, que l'on trouve longuement exposés dans tous les cours de littérature, et dont la connaissance, nécessaire au critique, est inutile à celui qui veut apprendre à écrire.

Puisse ce livre être utile à ceux qui ont pour mission d'instruire leurs frères, soit par la parole, soit par les écrits !

Cette, le 31 juillet 1873.

DU STYLE

CHAPITRE PREMIER

DÉFINITION DU STYLE. — SON IMPORTANCE, ETC.

—

ARTICLE Ier

Définition du Style.

Qu'est-ce que le style ?

Le style n'est pas l'idée qui nous frappe, ni la pensée qui roule dans notre esprit ; ce n'est pas non plus l'expression, car ne dit-on pas d'un écrivain qui écrit mal, qu'il n'a pas de style ? Mais si le style n'est pas l'expression, l'expression est pourtant la matière du style ; car on dit d'un auteur qui écrit agréablement, qu'il a du style ; d'une pensée bien exprimée : quel beau style ! Ainsi, de même que le marbre n'est pas la statue, mais la matière dont la statue est faite ; de même l'expression, qui n'est pas le style, en est pourtant la matière.

Il faut donc conclure que le style est la forme de l'expression, c'est-à-dire la manière dont la pensée est exprimée. Voilà la définition du style.

Le style est la forme de l'expression ; or, une forme

est plus ou moins belle, plus ou moins agréable : elle est simple, noble, élégante, riche, magnifique, sublime ; ou bien elle a peu de beauté, elle est grossière, elle n'existe pas en quelque sorte. Il en est ainsi du style. Pour que le style soit beau, agréable, clair, naturel, etc., des conditions sont nécessaires. Ces conditions ou qualités du style font la matière du chapitre second.

Buffon a défini le style : *Le mouvement.* Cette définition est incomplète. Le mouvement est au style ce qu'est la démarche pour un homme ou une femme. On ne pourrait dire d'un homme laid et petit, mais qui aurait une démarche noble : voilà un bel homme ; de même, l'expression qui n'aurait des qualités du style que le mouvement ne serait point belle et n'aurait pas de style. On comprend toutefois quel surcroît de beauté le mouvement donne au style, comme une démarche noble et majestueuse ajoute à la beauté d'un homme ou d'une femme aux traits réguliers, aux membres bien proportionnés, à la taille élancée.

ARTICLE II

Importance du Style.

Pour l'écrivain qui fait des livres dans son cabinet d'étude, comme pour l'orateur qui compose ou improvise un discours, le style est de la dernière importance. Le style, pour un écrivain ou pour un orateur, c'est la vie. Buffon a dit avec raison que c'est le style qui donne l'immortalité à l'écrivain. C'est le style, en effet, qui rend célèbres les hommes qui s'adonnent à la culture des lettres. C'est le style qui élève l'écrivain au-dessus de ses semblables, qui lui donne l'empire et la renommée dont il jouit pendant la vie, et la gloire qu'il conserve après sa mort. Si les conquérants, les fondateurs d'empires, les bienfaiteurs de l'humanité, qui ont disparu depuis des siècles de la scène du monde, ont parmi nous une célébrité si grande, c'est parce que leurs victoires, leur génie ou leurs bienfaits mémorables, ont été loués et célébrés par des écrivains illustres.

Le style est de la dernière importance, en particulier pour celui dont la mission est d'instruire ses frères ; car, plus il a du style, plus il est écouté, plus ses conseils sont suivis par ceux qu'il doit éclairer et convaincre.

Bourdaloue avait un style remarquable ; avec quel empressement n'allait-on pas l'entendre ! On envahissait et l'on remplissait l'église où il devait prêcher, plusieurs heures avant qu'il ne montât en chaire ; eh ! quel bien ne produisait-il pas !

Démosthène parvenait aussi par ses discours, qu'il mettait cent fois sur le métier pour les polir et les repolir, à persuader ses compatriotes et à les faire sortir de leur lâche et honteuse indolence. Philippe redoutait davantage les discours de Démosthène que les armées de la Grèce.

Mais qui ne connaît les effets de persuasion produits sur leurs auditoires par les orateurs illustres de tous les temps : Cicéron, St Jean Chrysostôme, St Augustin, Bossuet, Massillon, Mirabeau ; par tous les orateurs, en un mot, qui, avec le talent de persuader, ont eu du style ?

Que ceux qui sont appelés à parler en public ou qui veulent écrire des livres y songent donc ; le style est pour eux d'une souveraine importance : la science la plus vaste sans style ne sert de rien ; sans style, les plus fortes raisons amassées dans un discours ne produiront jamais la conviction, elles ne rendront pas même l'auditeur attentif.

ARTICLE III

Combien le Style est négligé dans ce siècle.

Puisque le style est si important ; puisqu'il est pour l'écrivain et pour l'orateur ce que sont le sang et la vie pour le corps de l'homme, pourquoi est-il si négligé dans ce siècle ?

Hélas ! notre siècle avance tous les jours dans l'art d'orner le corps, d'embellir les demeures que nous habitons et de rendre la vie plus commode et plus agréable ; que dis-je ? n'a-t-on pas même cherché et trouvé une teinture pour donner aux cheveux rendus gris par l'âge la couleur qu'ils avaient à vingt ans ? Quel luxe même pour les équipages et pour l'installation des chevaux ! Et pour la manière d'exprimer ses pensées correctement, avec force et douceur, grâce et harmonie, afin de plaire, d'instruire et de persuader, que fait l'écrivain ?

La plupart des journalistes n'étudient pas et n'apprennent pas à écrire ; ils composent à la hâte des articles sans style comme sans idées, qu'ils relisent à peine et qu'ils ne corrigent point. Le plus grand nombre de ceux qui font des livres n'étudient pas non plus et n'apprennent point à exprimer leurs pensées avec agrément : ils ne lisent pas assidûment, tandis qu'ils sont jeunes, les livres bien écrits ; ils ne mettent pas leurs ouvrages, inutile de le dire, vingt fois sur le métier pour les polir et les repolir ; aussi que de fautes, que d'incorrections, que de négligences dans les écrits qu'ils livrent à la publicité !

Durant les âges d'or des différentes littératures, on étudiait tandis que l'on était jeune ; avant de publier des ouvrages, on apprenait à rendre sa pensée avec facilité, à donner aux membres de la phrase de la proportion, de la cadence, de l'harmonie, et on ne livrait en général ses écrits au public que lorsque l'on était parvenu à un certain âge. Il n'en est pas ainsi aujourd'hui. Combien sont rares de nos jours les écrivains qui ont souci d'apprendre à écrire et qui étudient sérieusement de vingt-cinq à trente-cinq ans, âge auquel on acquiert la science et on forme son style !

La Harpe dit, dans son *Cours de littérature*, qu'il est rare qu'un jeune homme écrive une page de prose d'une manière irréprochable : il faut donc avoir un certain âge pour bien écrire ; il faut donc étudier et apprendre à écrire, tandis que l'on est jeune, et se faire imprimer, à moins que l'on ne fasse des vers, à trente-cinq ou quarante ans.

C'est parce que, au temps où nous vivons, l'on ne suit point cette règle, que la plupart des auteurs de ce siècle n'ont ni la science, ni l'habileté nécessaires pour écrire. Et cette règle étant méconnue de plus en plus, la France, à qui les Bossuet, les Fénelon, les Bourdaloue, les Massillon, etc., ont donné une gloire si grande, avance de plus en plus dans le sentier de l'ignorance, et ses trop nombreux écrivains expriment leurs pensées creuses d'une manière de plus en plus incorrecte et barbare.

Quand verrons-nous des écrivains vraiment dignes de ce nom, remplissant leur mission avec zèle et dévouement, consacrant leur jeunesse aux travaux intellectuels, passant dans leur cabinet d'étude et leur journée entière et une partie de la nuit? Tels furent Démosthène, Bossuet et tous ceux dont les ouvrages sont parvenus jusques à nous.

Si Massillon, si Bossuet, Corneille, Racine, Molière n'avaient étudié et appris à écrire de vingt à trente-cinq ans, ils n'auraient point produit les chefs-d'œuvre qu'ils nous ont laissés, et l'on n'eût jamais parlé d'eux. Qu'on lise les écrits qu'ils ont composés durant leur jeunesse, et l'on verra que s'ils n'avaient étudié pendant de longues années avec une grande application et une grande constance, ils n'auraient jamais atteint la perfection qu'ils ont donnée à leurs ouvrages composés dans un âge mûr.

ARTICLE IV

Les livres et les professeurs ne font connaître le Style que d'une manière imparfaite. — Les élèves ne font point, ou bien font trop peu d'exercices pour apprendre à écrire.

Le style de ce siècle est imparfait, parce que l'on n'étudie pas et aussi parce que les livres n'en parlent que très-vaguement. Les cours de littérature traitent des qualités générales du style et de ses défauts ; ils parlent de la phrase, de l'arrangement des mots et de leurs propriétés; ils ne disent pas ce qui constitue proprement le style.

Buffon a écrit un discours sur le style; on ne peut dire, après l'avoir lu, ce que c'est que le style. Sa définition : *Le style est le mouvement*, ne fait qu'ajouter à l'embarras que l'on éprouve d'expliquer en quoi le style consiste.

On est dans la même ignorance quand on lit les remarques de Bossuet sur le style et la lecture des écrivains et des Pères de l'Église pour former un orateur.

Les professeurs ne disent pas non plus à leurs élèves en quoi consiste le style. Comment le pourraient-ils? les livres sont muets, et eux n'ont pas cherché à connaître la structure de la phrase dans Bossuet, Massillon, Fénelon, Démosthène, Cicéron; ils n'ont pas étudié l'expression, sa forme et sa perfection, durant de longues années.

Pour bien savoir en quoi consiste le style, il faut analyser les phrases des grands écrivains comme un médecin dissèque le corps de l'homme devant ses élèves. Or, qui fait cette analyse? ni les auteurs qui publient des cours de littérature, ni les professeurs de seconde et de rhétorique dans les colléges.

Les livres et les professeurs n'enseignent point en quoi consiste le style, et les élèves ne font point d'exercices, pendant leurs classes et après les avoir terminées, pour apprendre à écrire. On leur fait composer des narrations en seconde, des discours en rhétorique, pour acquérir l'art de raconter et celui de convaincre et de persuader; mais que l'on me dise quel est le travail proprement dit que font les élèves pour apprendre à écrire? Ils font des narrations, des discours, des analyses, des traductions : ils ne lisent pas et ils ne transcrivent pas les livres des écrivains qui ont le mieux écrit.

Si l'on m'objecte que l'on apprend à écrire en traduisant les auteurs grecs et latins, je le nie; qu'on en voie les raisons dans mon livre *l'Art d'acquérir la Science et d'apprendre à écrire.* Supposé que je sois dans l'erreur, je dis que la traduction est un moyen insuffisant, comme sont insuffisants les quelques vers de Racine et de Boileau que l'on apprend durant les trois dernières classes ; car s'il en était autrement, les élèves sauraient écrire un peu, quand ils ont terminé leur éducation.

Veut-on savoir quel devrait être, je crois, l'exercice que les élèves devraient faire pour apprendre à écrire ?

On devrait faire copier chaque jour à tout enfant faisant ses classes, et dès l'âge de dix ans, dix lignes du *Télémaque* et lui en faire apprendre cinq ; on augmenterait chaque année le nombre de lignes ; on lui ferait connaître les conditions essentielles du style, en troisième ou en seconde.

Pour le temps à consacrer à cet exercice, on en aurait au delà si l'on retranchait les thèmes latins et les thèmes grecs, et si l'on ne faisait des versions que le mot à mot (1).

(1) Voir ma brochure : *La vraie cause du mal profond qui règne dans nos études classiques ; le remède à ce mal.*

ARTICLE V

Il faut étudier le Style comme on étudie la science et les beaux arts avec le même soin et la même application.

On n'étudie pas le style, parce qu'on n'y pense pas, ou bien parce que l'on croit l'acquérir en apprenant la science, comme s'il suffisait de mettre quelques idées dans la tête pour savoir les exprimer d'une manière correcte et élégante. Ainsi l'on étudie les sciences et les langues dans les colléges pendant dix ou douze ans; on apprend ensuite le droit, la médecine, pendant quatre ans, et l'on n'étudie pas du tout le style.

Or, le style est différent de la science et doit s'apprendre comme elle, en y consacrant un temps particulier.

Il faut apprendre à écrire avec le même soin et la même constance que l'on apprend le latin, le grec, ou la peinture, la sculpture, l'architecture. Car il est honteux que l'on ne sache pas du tout écrire correctement et agréablement, que l'on ne sache pas présenter une idée et la développer avec un style qui commence à se former, après avoir étudié depuis l'âge de six ans jusqu'à vingt ou vingt-cinq ans.

ARTICLE VI

On écrit aujourd'hui sans Style, parce qu'on ne lit plus les auteurs du XVIIe siècle.

Quintilien a dit que l'éloquence avait quitté la tribune de Rome quand les orateurs romains avaient cessé d'étudier Démosthène ; de même, aujourd'hui on écrit sans style parce qu'on ne lit plus les auteurs du XVIIe siècle.

Comme j'en ai déjà fait la remarque dans mon ouvrage précédent, l'enfant apprend naturellement la langue que sa mère lui parle ; ainsi l'écrivain écrit comme il entend parler et comme les livres qu'il lit.

Les grands écrivains du siècle de Louis XIV ont dû sans doute, la langue n'étant pas encore bien formée, s'appliquer avec un grand soin à écrire correctement et élégamment ; mais ce qu'ils ont fait pour perfectionner notre langue est peu de chose comparativement à ce qu'ils ont appris dans les auteurs des siècles précédents dont ils ont lu et relu les ouvrages.

C'est donc en lisant et en transcrivant les écrivains français qui ont écrit le mieux, que nous apprendrons à écrire ; et comme notre langue est toute formée, et que nous n'avons pas à la perfectionner, notre travail pour le style sera moins pénible et moins long.

Combien Malherbe, Pre Corneille, Bossuet eussent souhaité d'avoir trouvé toute formée la langue qu'ils écrivaient ! Nous, plus heureux, nous n'avons pas à travailler péniblement et durant de longues années pour écrire d'une manière noble, harmonieuse, et nous n'étudions pas le style alors que son étude nous est si facile et si agréable! Car, quoi de plus facile que de lire et de transcrire! quoi de plus agréable que de lire et de transcrire Bossuet, Fénelon, Racine, Massillon!

Qu'on veuille bien le remarquer, les écrivains de notre époque qui écrivent le mieux se sont formés pour le style sur les auteurs illustres des siècles précédents. Berryer, l'orateur contemporain qui a le plus beau style, lisait avant de s'endormir une page de Bossuet. Un grand nombre parmi les écrivains de nos jours ont étudié le style dans les auteurs du XVIIIe siècle. Le style des auteurs du siècle dernier est moins beau, moins noble; il a moins d'ampleur et d'élégance que celui des écrivains qui parurent en France pendant le règne de Louis XIV. Je ne conseille donc pas de lire J.-J. Rousseau ni Voltaire pour se former le style. Qu'on lise de Bossuet ce qu'il a écrit depuis l'âge de quarante ans jusqu'à sa mort; de Fénelon, tous ses ouvrages; de Racine, sa correspondance, *Esther* et *Athalie;* de Massillon, ce qu'il a composé depuis l'âge de trente-cinq ans. Ce n'est qu'en lisant ces écrivains que l'on peut apprendre et acquérir un beau style.

Mais ne peut-on pas lire, pour apprendre à écrire, Homère, Démosthène, Cicéron? Comme je l'ai dit dans l'ouvrage déjà indiqué, il y a dans le style les qualités propres à toutes les langues, comme la clarté, le naturel, l'ordre, la noblesse, l'élégance, la magnificence; et il y a les qualités qui appartiennent en propre à chaque langue, comme la correction, les tournures, les expressions. Que l'on étudie donc dans les auteurs du XVIIe siècle les qualités propres à notre langue, et quand on saura écrire d'une manière irréprochable, facile et agréable, que l'on apprenne dans Homère et dans Démosthène la clarté, la simplicité, le naturel, l'ordre; dans Cicéron, l'élégance, l'ampleur, la magnificence.

ARTICLE VII

La connaissance des qualités ou conditions du Style est d'une grande utilité pour apprendre à écrire.

La connaissance des conditions du style n'est pas absolument nécessaire, sans elle on peut apprendre à écrire en lisant les livres bien écrits ; mais si elle n'est pas nécessaire, elle ne laisse pas que d'être d'une grande utilité.

Celui qui apprend à écrire fait évidemment des progrès plus rapides, s'il connaît les qualités ou conditions du style ; si, en lisant les chefs-d'œuvre, il voit ces qualités et les étudie.

Sans doute, quand l'écrivain compose, il ne pense pas à ces conditions ; vouloir y penser alors, ce serait éteindre le feu de l'inspiration, mais il les observera mieux tandis qu'il les connaîtra.

La connaissance de ces qualités du style sont très-utiles, sinon nécessaires, quand on corrige, quand on met vingt fois son ouvrage sur le métier, pour le polir et le repolir.

Conditions essentielles ou qualités du style, c'est là le sujet du chapitre suivant et la matière principale de cet ouvrage.

CHAPITRE II

CONDITIONS ESSENTIELLES DU STYLE.

J'ai défini le style : *la forme de l'expression*, et j'ai ajouté que cette forme était plus ou moins parfaite ; voyons maintenant quelles sont les conditions nécessaires pour rendre le style beau, agréable, élégant, etc.

Fénelon, dans son discours de réception à l'Académie française, dit qu'il en est du style comme de l'architecture, où chaque pierre, chaque ornement est disposé avec ordre, proportion, symétrie. L'ordre, la proportion, la symétrie des mots, des membres de la phrase et des idées, c'est là ce qui constitue le style.

Le style peut être encore comparé à la mosaïque, où chaque petite pierre a sa place et s'harmonise avec les autres. Quand on jette les yeux sur une mosaïque, on se sent charmé et réjoui par la régularité, l'ordre, le dessin de chaque partie et par l'harmonie qui règne entre elles. Ainsi quand on lit un écrivain qui a le talent et l'habileté de disposer ses pensées suivant un ordre naturel, avec des liaisons qui naissent du sujet, des expressions correctes, simples, claires, et à la fois nobles et élégantes ; avec des mots dont le son est agréable et dont l'arrangement produit une cadence qui flatte l'oreille, on éprouve je ne sais quel plaisir, quelle jouissance qui vous émeut, vous touche, attache l'esprit et fait battre votre cœur.

Les conditions du style sont au nombre de quatorze, qui formeront autant d'articles.

Ces conditions sont : 1° les mots que l'on emploie doivent être propres ; 2° leur son doit être agréable ; 3° l'expression doit être correcte, claire, naturelle, noble, élégante, etc. ; 4° les idées doivent être concises ; 5° elles doivent former tableau ; 6° on ne peut exprimer dans un membre de phrase qu'une idée simple ou complexe ; 7° dans une phrase il doit y avoir en général trois idées : une secondaire antécédente, une principale et une secondaire conséquente ; 8° les idées doivent être exprimées avec ordre ; 9° elles doivent être liées entre elles ; 10° les phrases doivent être coupées en membres à peu près égaux entre eux, de trois, quatre, etc., quinze, seize, dix-sept syllabes ; 11° dans la prose, les membres de phrase doivent être terminés par des rimes masculines ou féminines, sans la régularité de la poésie ; 12° il faut mettre de la symétrie et de la proportion entre les membres de la phrase ; 13° le sens doit être suspendu dans la phrase, dans l'alinéa, le chapitre, le livre ; l'attention doit être attirée, ensuite excitée, puis satisfaite ; 14° enfin, il faut donner à ses idées ce que l'on appelle *le mouvement*.

ARTICLE Ier

Les mots que l'on emploie doivent être propres.

On appelle *mot propre* celui qui représente l'objet dont on parle, ou bien celui qu'il faut, qui convient.

Un homme excentrique appelait sa toute petite maison, faite depuis peu, *manoir* ; ainsi : « *Je végète à l'ombre de mon manoir.* » Le mot *manoir*, qui veut dire *vieux château*, employé pour désigner une maison ordinaire, est impropre.

De même, les particules *car, si, donc, or*, sont impropres, si on les emploie les unes pour les autres.

Voici des exemples de mots propres :

Calypso ne pouvait se consoler du départ d'Ulysse. Dans sa douleur, elle se trouvait malheureuse d'être immortelle. Sa grotte ne résonnait plus de son chant. Les nymphes qui la servaient n'osaient lui parler.

Tous les mots de cette phrase sont propres. Ainsi : *départ, douleur, se trouvait, malheureuse, ne résonnait plus, servaient, n'osaient ;*

De même, *mais, et*, l'adverbe *souvent*, dans les phrases qui suivent celles que je viens de citer, sont les mots qu'il faut.

Elle se promenait souvent sur les gazons fleuris dont un printemps éternel bordait son île. MAIS *ces beaux lieux, loin de modérer sa douleur, ne faisaient que lui rappeler le triste souvenir d'Ulysse, qu'elle y avait vu tant de fois auprès d'elle.* SOUVENT *elle demeurait immobile sur le rivage de la mer, qu'elle arrosait de ses larmes,* ET *elle était* SANS CESSE *tournée vers le côté où le vaisseau d'Ulysse, fendant les ondes, avait disparu à ses yeux.*

Les commençants emploient quelquefois des mots impropres ; ils emploient souvent des particules autres que celles qu'il faut ; ils apprendront à remplir cette première condition du style, en lisant avec attention les grands écrivains et en remarquant, d'une manière particulière, les mots et les particules dont ces écrivains se servent.

ARTICLE II

Les sons des mots doivent être agréables.

L'homme fait de la parole ce qu'il fait des êtres qui dépendent de lui. Il donne de la beauté à l'arbuste qu'il émonde et cultive, au marbre qu'il scie et polit; au bois dont il fait des meubles pour son usage et pour orner son habitation; il met aussi de l'urbanité dans les rapports qu'il a avec ses semblables; de même, il rend agréable la parole qui exprime sa pensée.

De plus, on exige de l'habileté dans ceux qui se vouent à la culture des beaux-arts, et on leur demande un travail préparatoire et sérieux ; on veut qu'un peintre applique les règles du dessin, qu'il connaisse le coloris ; qu'un architecte élève des monuments avec de belles proportions; on veut aussi qu'un écrivain emploie des mots qui ne choquent point l'oreille, mais, comme un doux et harmonieux concert, la charment agréablement.

Quelle consonnance, quelle harmonie douce et agréable dans la phrase suivante de Fénelon !

Quand Télémaque entendit le nom de son père, les larmes qui coulèrent le long de ses joues donnèrent un nouveau lustre à sa beauté.

Quelquefois le son des mots d'une phrase est désagréable en lui-même ; mais quand il est conforme à l'idée que l'on exprime ou à l'objet qu'ils représentent, ce que l'on appelle *harmonie imitative,* il plaît et réjouit.

Tel est le vers de Racine :

Pour qui sont ces serpents qui sifflent sur vos têtes?

On entend en quelque sorte, en lisant ces vers, le sifflement des serpents.

Tel est encore ce vers célèbre de Boileau :

Le chagrin monte en croupe et galope avec lui.

On croit entendre galoper un cheval.

ARTICLE III

L'expression doit être correcte, claire, naturelle, noble, élégante.

J'appelle *expression* la réunion de deux ou plusieurs mots employés pour représenter un objet, ou une manière d'être, ou pour indiquer un rapport. L'expression correcte est celle qui est consacrée par l'usage, ou bien qui est marquée au coin du génie de la langue que l'on parle ou que l'on écrit. Ainsi, *ne pouvait se consoler, se promener sur le rivage*, sont des expressions. L'expression : *un ruisseau de larmes sortaient de ses yeux*, est consacrée par l'usage ; cela se dit. L'expression de Bossuet : *là, on entend ce pleur éternel*, est marquée au coin du génie de notre langue.

Dans la phrase suivante :

Voilà pourquoi Dieu a voulu graver au fond de tous les cœurs le besoin de leurs destinées, une avidité insatiable d'agrandissement, d'élévation; l'expression *graver un besoin, une avidité* est incorrecte. On dit : *graver un nom, des traits, des exploits;* et, *mettre dans le cœur un devoir, une avidité. Le besoin de leurs destinées*, est encore une expression impropre.

De même, dans cet autre phrase :

Pour nous élever davantage, il faut, après avoir fait taire en nous la voix de toutes les passions mauvaises, monter et monter toujours dans l'oubli de nous-mêmes, dans l'immolation de notre égoïsme; l'expression *monter dans l'oubli, dans l'immolation* est incorrecte, cela ne se dit pas.

La phrase suivante de Bossuet est un bel exemple d'expressions correctes :

Écoutez à ce propos le profond raisonnement, non d'un philosophe qui dispute dans une école, ou d'un religieux qui médite dans un cloître; je veux confondre le monde par ceux que le monde révère le plus, par ceux qui le connaissent le mieux, et ne lui veux donner pour le convaincre que des docteurs assis sur le trône.

Toutes les expressions de cette phrase : *philosophe qui dispute, religieux qui médite, confondre le monde, docteur assis sur le trône,* sont des expressions propres.

L'expression doit être claire. L'écrivain écrit pour transmettre ses pensées à ses semblables, il faut donc qu'il parle avec clarté. Les auteurs du XVIIe siècle sont remarquables par la clarté de l'expression. Les écrivains qui, sous prétexte de perfection et de beauté, ont voulu éviter les répétitions de mots et employer des pronoms ou des synonymes, ont rendu leur style obscur. Certains critiques blâment l'écrivain qui emploie deux fois dans trois ou quatre lignes le même terme ; ils ignorent ce que Fénelon dit de la répétition des mots dans sa lettre à l'Académie française.

Un auteur, écrit Fénelon, *ne doit laisser rien à chercher dans sa pensée. Il n'y a que les faiseurs d'énigmes qui soient en droit de présenter un sens enveloppé. Auguste voulait que l'on usât de répétitions fréquentes, plutôt que de laisser quelque péril d'obscurité dans le discours. En effet, le premier de tous les devoirs d'un homme qui n'écrit que pour être entendu, est de soulager son lecteur, en se faisant d'abord entendre.*

Je pourrais citer mille exemples de répétitions, pris dans le *Télémaque*, nécessitées par suite de la clarté de la phrase. La répétition d'un mot ne doit être évitée que lorsqu'il produit une mauvaise consonnance. Si l'on ne tient pas compte de cette règle, il faut condamner les plus grands écrivains de notre langue.

L'expression doit être naturelle, noble, élégante, et, quand le sujet le demande, magnifique, sublime.

Voici un exemple de style clair, naturel, noble, élégant, je le prends dans la lettre de Fénelon à l'Académie :

Socrate est doux, insinuant, plein d'élégance, mais peut-on le comparer à Homère? Allons plus loin. Je ne crains pas de dire que Démosthène me paraît supérieur à Cicéron. Je proteste que personne n'admire Cicéron plus que je ne fais. Il embellit tout ce qu'il touche, il fait honneur à la parole, il fait des mots ce qu'un autre n'en saurait faire. Il est même court et véhément toutes les fois qu'il veut l'être, contre Catilina, contre Verrès, contre Antoine; mais on y remarque quelque parure dans son discours; l'art y est merveilleux, mais on l'entrevoit; l'orateur, en pensant au salut de la république, ne s'oublie pas et ne se laisse point oublier. Démosthène paraît sortir de soi et ne voit que la patrie.

Comme ces expressions sont belles ! quelle clarté

dans ces phrases ! quel naturel, quelle noblesse et quelle élégance ! On comprend parfaitement ce que dit le Cygne de Cambrai ; on le lit avec plaisir, avec un charme indéfinissable, et après l'avoir lu, on veut le lire et le relire encore.

ARTICLE IV

L'idée doit être exprimée d'une manière concise.

La pensée ne doit être exprimée qu'en autant de mots qu'il en faut pour la rendre d'une manière claire et agréable. Ainsi, tout mot, toute phrase, toute répétition de la même idée, qui ne servent ni à la clarté, ni à la force, ni à l'agrément, doivent être absolument retranchés.

La raison de la concision est évidente. Si vous pouvez rendre votre pensée en une phrase, pourquoi en écrire plusieurs ?

Voici un exemple d'idées confuses, délayées, répétées sans aucune raison :

*Il est une passion que l'on appelle l'*orgueil, *qui est plus ou moins fortement enracinée dans le cœur de tous les hommes et qui les pousse à rechercher les honneurs, les distinctions, et à se passionner pour tout ce qui peut augmenter l'opinion avantageuse que l'on peut concevoir de leur personne. Cette passion, vous devez savoir quels crimes elle a engendrés, quelles haines, quelles jalousies, quelles bassesses même, quelles dégradations elle a encouragées ou excitées pour pouvoir satisfaire à ce besoin immense, qui tourmente tant d'hommes, de faire du bruit autour d'eux, d'attirer sur leur personne les regards de* *leurs semblables, et d'être considérés comme des hommes méritant d'être mis au-dessus de la ligne du vulgaire. Il faut donc reconnaître que la plupart des hommes sont travaillés par une grande soif de grandeur, d'élévation, de supériorité au-dessus de leurs semblables, souvent même au détriment de leurs semblables.*

Le lecteur a-t-il jamais lu un exemple plus remarquable de galimatias? Que de mots assemblés, accumulés, entassés, pour exprimer une seule idée!

Voici deux exemples d'idées et d'expressions concises; ils sont de Bossuet :

En ce temps, la ville de Véies, qui égalait presque la gloire de Rome, après un siége de dix ans et beaucoup de divers succès, fut prise par les Romains, sous la conduite de Camille.

Que d'idées Bossuet n'exprime-t-il pas dans cette phrase de trois lignes! Quel mot pourrait-on retrancher sans nuire à la clarté de la phrase? quelle expression, sans amoindrir l'idée?

Voici le second exemple, pris dans l'Oraison funèbre de la princesse Palatine :

La reine n'a plus de retraite, elle a quitté le royaume; après de courageux, mais de vains efforts, le roi est contraint de la suivre; réfugiés dans la Silésie, où ils manquaient des choses les plus nécessaires, il ne leur reste qu'à considérer de quel côté allait tomber ce grand arbre ébranlé par tant de mains et frappé de tant de coups à sa racine, ou qui en enlèverait les rameaux épars.

Quelle concision admirable dans cette phrase! Bossuet nous représente une idée, et aussitôt qu'il nous l'a montrée, il se hâte de passer à une autre.

J'ai dit que l'on peut, que l'on doit répéter plusieurs

fois la même idée, soit pour la rendre dans toute sa force, soit pour ajouter à l'agrément du discours. Cette phrase du même Bossuet, dans l'Oraison funèbre de la princesse Henriette, offre un exemple de cette répétition :

.... Si quelque chose pouvait élever les hommes au-dessus de leur infirmité naturelle ; si l'origine qui nous est commune souffrait quelque distinction solide et durable entre ceux que Dieu a formés de la même terre.....

ARTICLE V

Les idées doivent former tableau.

L'écrivain doit exprimer ses idées de manière à former comme de petits tableaux distincts qu'il fait passer sous les yeux du lecteur : tableaux qui attirent et soutiennent l'attention, plaisent et charment.

Telle est la phrase déjà citée du *Télémaque :*

Calypso ne pouvait se consoler du départ d'Ulysse.

Calypso, tableau ; *ne pouvait se consoler,* second tableau ; *du départ d'Ulysse,* troisième tableau. On voit d'abord la déesse Calypso ; on la voit ensuite triste et inconsolable ; puis on apprend la cause de sa tristesse et de son amère douleur, le départ d'Ulysse.

Cette condition est encore remplie d'une manière frappante dans le commencement de l'oraison funèbre de la reine d'Angleterre :

Celui qui règne dans les cieux et de qui relèvent tous les empires, à qui seul appartient la gloire, la majesté et l'indépendance, est aussi le seul qui se glorifie de faire la loi aux rois et de leur donner, quand il lui plaît, de grandes et de terribles leçons.

Celui qui règne dans les cieux, tableau : on voit Dieu dans le ciel, assis sur son trône ; *et de qui relèvent tous les empires*, autre tableau, qui montre la dépendance dans laquelle sont les empires par rapport à Dieu ; il en est de même du reste de la phrase.

Cette condition est absolument nécessaire ; sans elle il n'y a point de style : plus un écrivain exprime ses idées d'une manière vive et frappante, sous forme de petits tableaux distincts ; plus il a du talent, du génie et du style.

ARTICLE VI

On ne doit exprimer dans un membre de phrase qu'une idée simple ou complexe.

J'appelle *membre de phrase* cette partie de la phrase après laquelle la voix s'arrête un peu. Ainsi, dans la phrase suivante, il y a trois membres : *Calypso | ne pouvait se consoler | du départ d'Ulysse.*

J'appelle *idée simple* celle qui ne représente qu'un objet ; ainsi, dans la phrase de Fénelon, *Calypso* exprime une idée simple. J'appelle *idée complexe* celle qui représente plusieurs objets, plusieurs états ou plusieurs rapports unis ensemble. Ainsi, les autres mots de cette même phrase renferment des idées complexes : *ne pouvait se consoler | du départ d'Ulysse.*

Je dis que l'écrivain ne doit exprimer dans un membre de phrase qu'une idée simple ou complexe. Il en est de notre esprit comme de l'organe de la vue. L'œil ne peut saisir qu'un objet à la fois, que cet objet soit simple, comme quand je regarde le porte-plume avec lequel j'écris, ou bien multiple, mais n'en formant qu'un par des rapports naturels ou de position, comme quand je considère le cabinet dans lequel je suis, avec les meubles et les livres qu'il renferme.

De même notre esprit ne peut saisir qu'une idée à la fois, simple ou complexe, et plus l'écrivain présente l'idée détachée, claire, distincte, dans un membre qui ne renferme qu'elle, plus il a du style.

Bourdaloue remplit cette condition dans la phrase suivante :

Un pauvre glorifié dans le ciel, | et un riche enseveli dans l'enfer; | un pauvre entre les mains des anges, | et un riche livré aux démons; | un pauvre dans le sein de la béatitude, | et un riche au milieu des flammes; | n'est-ce pas, dit St Augustin, | un partage bien surprenant, | et qui pourrait d'abord | désespérer les riches | et enfler les pauvres?

Si l'on veut d'autres exemples, on n'a qu'à prendre les chefs-d'œuvre de littérature de toutes les langues, on en trouve à toutes les pages et à toutes les lignes : ces ouvrages ne seraient point des chefs-d'œuvre s'ils ne remplissaient point cette condition.

ARTICLE VII

Dans une phrase, il doit y avoir en général trois idées : une secondaire antécédente, une principale et une secondaire conséquente.

Comme pour tous les êtres de la nature qui, créés par un Dieu en trois personnes, portent dans leur unité la marque de la Sainte-Trinité, la phrase doit renfermer en général trois idées : une principale, précédée par une secondaire antécédente, suivie d'une secondaire conséquente.

Ainsi la première phrase du *Télémaque* déjà citée renferme trois idées, une principale : *ne pouvait se consoler,* précédée d'une secondaire antécédente : *Calypso*, et suivie d'une secondaire conséquente : *du départ d'Ulysse.*

Il en est de même de la première phrase de l'oraison funèbre de la reine d'Angleterre :

Celui qui règne dans les cieux et de qui relèvent tous les empires, à qui seul appartient la gloire, la majesté et l'indépendance, idée accessoire ; *est aussi le seul qui se glorifie de faire la loi aux rois,* idée principale ; *et de leur donner, quand il lui plaît, de grandes et de terribles leçons,* idée secondaire conséquente.

Comme on le voit dans ce dernier exemple, les idées secondaires comme l'idée principale peuvent être complexes ; mais, dans une phrase, il ne doit y avoir que ces trois sortes d'idées.

Cette condition est remplie dans les vers suivants de la Fable de La Fontaine, *La Cigale et la Fourmi :*

La Cigale ayant chanté
Tout l'été,

Voilà l'idée secondaire antécédente.

Se trouva fort dépourvue

Voilà l'idée principale.

Quand la bise fut venue.

Voilà l'idée secondaire conséquente.

L'ordre des idées peut être quelquefois interverti ; ainsi :

Avant que de se jeter dans le péril, il faut le prévoir et le craindre, idée accessoire antécédente; *mais quand on y est*, idée accessoire conséquente; *il faut le mépriser*, idée principale. A cause de l'harmonie, Fénelon a placé l'idée principale à la fin de la phrase.

J'ai dit que la phrase devait renfermer en général trois idées; la suivante n'en a que deux : *Il donnait tranquillement tous les ordres*, idée principale, *pendant que le pilote était troublé*, idée secondaire.

La phrase suivante de Bossuet, prise dans sa correspondance, renferme quatre idées :

Je me souviens bien, Madame, que Madame la Duchesse de Hanovre m'a fait l'honneur de m'envoyer autrefois les articles qui avaient été arrêtés avec Mgr l'Évêque de Neustadt, idée secondaire antécédente; *mais comme cette affaire ne me parût pas avoir de la suite*, idée accessoire conséquente; *j'avoue que j'ai laissé échapper ces papiers de dessous mes yeux et que je ne sais plus où les trouver*, idée principale. L'idée suivante, renfermée dans la même phrase et qui la termine, peut être appelée principale conséquente : *de sorte qu'il faudrait, s'il vous plaît, supplier très-humblement cette princesse de nous envoyer ce projet d'accord.*

Ce dernier membre fait éprouver je ne sais quel contentement à l'esprit, en même temps qu'il réjouit l'oreille à cause de l'ampleur et de la sonorité qu'il donne à la phrase.

On rencontre souvent dans les grands écrivains des phrases avec quatre idées : elles ajoutent à la beauté d'un style agréable, comme de belles fleurs ajoutent à la beauté du gazon frais et riant qu'elles émaillent.

ARTICLE VIII

Les idées doivent être exprimées avec ordre.

L'ordre est nécessaire aux idées, comme il est nécessaire à une armée, à un peuple, à une famille; il faut donc qu'elles soient exprimées chacune en son temps. On ne peut lire un livre, on n'écoute pas un discours, dont les idées ne sont pas à leur place.

Que l'on admire l'ordre naturel avec lequel Démosthène exprime ses idées dans le premier alinéa de la première *Philippique :*

Si vous aviez, Athéniens, à délibérer sur une affaire nouvelle, j'aurais laissé parler vos orateurs habituels, et si leur avis m'avait paru utile, j'aurais gardé le silence; sinon, j'aurais essayé moi-même de vous proposer le mien. Mais comme je vois qu'après tout ce qu'ils vous ont déjà dit vous revenez sur les mêmes objets, j'espère qu'on me pardonnera de prendre la parole le premier; d'autant plus que si par le passé leurs conseils avaient répondu à vos besoins, vous ne seriez point dans la nécessité de délibérer encore aujourd'hui.

Comme chaque idée de cet alinéa est exprimée en son temps! Quel ordre naturel! Avec quelle avidité et quel plaisir les Athéniens ne devaient-ils pas écouter leur grand orateur!

ARTICLE IX

Les idées doivent être liées entre elles.

Il en est du style comme d'un chemin : on ne peut arriver au lieu vers lequel on se dirige, si la route que l'on suit cesse et disparaît, ou bien on n'arrive qu'après mille difficultés ; ainsi le lecteur ou l'auditeur ne peut suivre les idées qu'exprime l'écrivain ou l'orateur si elles ne sont pas liées entre elles.

Cette condition, comme la précédente, est de la dernière importante. Plus les idées d'un écrit ou d'un discours sont liées ensemble, plus on lit ou on écoute avec intérêt.

Je vais montrer la liaison des idées dans les trois premières phrases du *Télémaque : Calypso ne pouvait se consoler du départ d'Ulysse. Dans sa douleur elle se trouvait malheureuse d'être immortelle. Sa grotte ne résonnait plus de son chant.* L'idée de la seconde phrase, *dans sa douleur,* est renfermée dans la dernière de la précédente, *se trouvait malheureuse d'être immortelle.* L'idée *la grotte ne résonnait plus de son chant* est aussi comprise dans la précédente, *se trouvait malheureuse d'être immortelle.*

Le second alinéa du *Télémaque* est rattaché au premier par ces mots : *Tout à coup,* qui veulent dire : pendant que Calypso se promenait sur le rivage, triste et accablée de douleur.

Ainsi, pour que la liaison existe entre les idées, il faut que la première idée de la phrase suivante soit renfermée dans la dernière de la phrase précédente, en sorte qu'elles forment comme une chaîne qui est composée de chaînons; chaque chaînon a trois parties: une engagée avec le chaînon qui précède, une autre avec celui qui le suit, et une principale qui touche aux deux extrêmes.

ARTICLE X

Les phrases doivent être composées de membres à peu près égaux, de 3, 5, 7, 8, 9, ou bien de 7, 8, 9, 12, 15 syllabes.

Je parle en ce moment de la prose, car pour la poésie, comme tout le monde le sait, elle a, quant au nombre de syllabes, des règles dont on ne peut s'affranchir.

Les membres de la phrase, en prose, doivent être à peu près égaux en longueur; cette sorte d'égalité produit le nombre et la cadence. En sorte que la prose n'est autre chose que de la versification libre pour le nombre des syllabes et pour la rime. Plus un écrivain coupe ses phrases par des membres à peu près égaux pour le nombre des syllabes, plus son style est beau et agréable.

Ainsi, dans la première phrase du *Télémaque,* je trouve trois membres : le premier de trois syllabes, le second de sept, le troisième de cinq :

Calypso	3 syllabes
ne pouvait se consoler	7 s.
du départ d'Ulysse.	5 s.

Dans la seconde phrase, il y a aussi trois membres : le premier de quatre syllabes, le second de sept et le troisième de quatre :

Dans sa douleur, 4 s.
elle se trouvait malheureuse 7 s.
d'être immortelle. 4 s.

Voici la première phrase de l'oraison funèbre de la Reine d'Angleterre, disposée comme les deux précédentes et avec le nombre de syllabes :

Celui qui règne dans les cieux 7 syllabes.
et de qui relèvent tous les empires, 9 s.
à qui seul appartient la gloire, 8 s.
la majesté et l'indépendance, 9 s.
est aussi le seul 5 s.
qui se glorifie 5 s.
de faire la loi aux rois, 6 s.
et de leur donner, 5 s.
quand il lui plaît, 4 s.
de grandes et de terribles leçons. 8 s.

Les auteurs du XVIIIe siècle ont excellé dans cette qualité du style. Comme ils ont poussé trop loin la régularité du nombre des syllabes et aussi des membres de la phrase, comme on va le voir dans les exemples que je vais donner, quelques critiques ont appelé leur style *maniéré*. Les auteurs du XVIIIe siècle méritent-ils ce reproche ? Si le style de Voltaire, de J.-J. Rousseau, de Buffon, etc., était défectueux, il soulèverait moins l'admiration de ceux qui lisent leurs ouvrages.

Voici deux phrases de J.-J. Rousseau, l'écrivain de son siècle qui, avec Voltaire, a écrit le mieux :

Je suis né à Genève, 6 syllabes.
en dix-sept cent douze, 5 s.
d'Isaac Rousseau, citoyen, 8 s.
et de Suzanne Bernard, citoyenne. 9 s.

Voici la seconde phrase, plus remarquable encore par ses proportions : inutile de dire que la pensée qu'elle renferme est fausse :

1	*Il faut des spectacles*	5 syllabes
2	*dans les grandes villes*	4 s.
3	*et des romans*	4 s.
4	*aux peuples corrompus ;*	6 s.
1	*j'ai vu les mœurs de mon temps*	7 s.
2	*et j'ai écrit ces lettres,*	6 s.
3	*que n'ai-je vécu dans un siècle*	7 s.
4	*où je dusse les jeter au feu.*	8 s.

ARTICLE XI

Dans la prose, les membres de phrases doivent être terminés par des syllabes tantôt masculines, tantôt féminines; toutefois, sans la régularité de la poésie.

Puisque l'on doit parler et écrire d'une manière agréable, il faut donner au style, les qualités qui ajoutent à sa beauté ; or, rien ne rend un style beau et agréable comme l'entrelacement de terminaisons masculines et féminines qui produit l'harmonie, entrelacement qui doit être régulier dans la poésie, mais varié dans la prose.

Je vais citer la première phrase du discours de réception de Fénelon à l'Académie française. Je donnerai une ligne à chaque membre ; j'indiquerai le nombre de syllabes, avec les terminaisons masculines et féminines.

J'aurais besoin, Messieurs,	t. m.	6 s.
de succéder à l'éloquence	t. f.	8 s.

de Monsieur Pélisson,	t. m.	6	s.
aussi bien qu'à sa place,	t. f.	6	s.
pour vous remercier de l'honneur	t. m.	9	s.
que vous me faites aujourd'hui,	t. m.	7	s.
et pour réparer en cette compagnie	t. f.	10	s.
la perte d'un homme si estimable.	t. f.	8	s.

On me dira peut-être que la phrase que je viens de citer appartient au style académique, et qu'il n'est pas étonnant que Fénelon lui ait donné les qualités et les charmes de la poésie.

Voici un exemple tiré de la correspondance de ce même écrivain avec Bossuet, au sujet du quiétisme :

Puisqu'il ne m'avait pas encore désabusé	t. m.	12	s.
de tant d'erreurs capitales,	t. f.	7	s.
ne devait-il pas garder mes écrits,	t. m.	10	s.
pour me montrer, papiers sur table,	t. f.	8	s.
en quoi je m'étais égaré.	t. m.	8	s.

Bossuet, en répondant aux lettres de Fénelon, ne peut s'empêcher de parler de la manière d'écrire *belle, élégante, magnifique* de son adversaire ; mais lui, l'Aigle de Meaux, a des phrases qui ont autant de beauté et d'harmonie que celles du Cygne de Cambrai.

En voici une prise au hasard dans cette correspondance :

Il faut distinguer deux temps :	t. m.	7	s.
celui qui a précédé	t. m.	7	s.
l'acte qu'on rapporte	t. f.	4	s.
et celui où il fut signé.	t. m.	8	s.

Pour acquérir cette condition du style, il suffit de lire et de transcrire, pendant quelque temps, les écrivains célèbres de notre langue : en particulier Fénelon, son

Télémaque, son *Traité de l'existence de Dieu;* Bossuet, ses *Oraisons funèbres*, son *Discours sur l'histoire universelle.*

ARTICLE XII

Il faut mettre de la symétrie et de la proportion entre les membres de la phrase.

J'ai déjà dit qu'il devait y avoir en général, dans la phrase, trois idées, une principale et deux secondaires, dont une précédant l'idée principale et l'autre la suivant. Or, la beauté de l'expression demande, que le membre renfermant l'idée secondaire antécédente soit plus long que celui qui renferme l'idée principale, et celui-ci plus long que le suivant.

La phrase suivante de Fénelon, prise dans son discours de réception à l'Académie, est un exemple de cette condition :

Pénétrant dans le secret de ses ennemis
et impénétrable pour celui de son maître,

Voilà l'idée secondaire antécédente; voici maintenant le membre de l'idée principale, moins long que le précédent :

il remuait de son cabinet
les plus profonds secrets des cours étrangères.

Le dernier membre est moins long encore :

pour tenir nos voisins toujours divisés.

Cette condition n'est point absolument essentielle au style ; elle engendrerait même la monotonie, si elle était observée trop fréquemment ; mais on voit quelle beauté nouvelle elle donne à l'expression ; plus un auteur a, dans ses écrits, de ces sortes de phrases, plus il a du style.

Voici un autre exemple de cette condition ; je l'emprunte à un discours de l'abbé Maury :

Premier membre :

Je vous avertis
que la conséquence naturelle
de vos bruyantes et indécentes clameurs,

Second membre :

c'est que vous êtes réduits à la nécessité
de m'interrompre continuellement,

Troisième membre :

parce que vous sentez l'impossibilité
de me répondre.

ARTICLE XIII

Le sens doit être suspendu dans la phrase, l'alinéa, le chapitre, le livre. L'attention doit être attirée, ensuite excitée, puis satisfaite.

Cette condition est essentielle ; sans elle, il n'y a pas de style. La raison en est dans notre nature : nous voulons que notre curiosité soit piquée ; nous aimons l'attente ; voire même, nous aimons la peine qui précède le plaisir. Une plaine couverte d'arbres, arrosée de ruisseaux qui murmurent agréablement, ou d'un grand fleuve qui va majestueusement vers la mer, nous réjouit, nous fait éprouver un charme indéfinissable, quand nos yeux la découvrent et l'embrassent, après que nous avons gravi péniblement le flanc d'une haute montagne. Il en est de même pour la parole : nous voulons que notre esprit passe tour à tour de la curiosité excitée à la curiosité satisfaite, n'arrive au sens complet qu'après avoir goûté la peine en quelque sorte du sens suspendu.

Cette condition, comme je viens de le dire, est essentielle au style ; toutes les phrases des grands écrivains en sont des exemples. Ainsi dans la première phrase du *Télémaque :*

Calypso, voilà l'attention attirée par l'objet que présente l'auteur ; *ne pouvait se consoler*, le sens est suspendu, l'attention excitée, on veut savoir pourquoi cette déesse est inconsolable ; *du départ d'Ulysse*, l'attention est maintenant satisfaite.

Il en est de même dans la phrase suivante de Bossuet :

Quelque haut qu'on puisse remonter, l'attention est attirée ; *pour rechercher dans l'histoire les exemples de grandes mutations*, l'attention est excitée ; elle est satisfaite par la fin de la phrase : *on trouve que jusqu'ici elles sont causées ou par la mollesse ou par la violence des princes.*

J'ai dit que le sens doit être suspendu aussi dans l'alinéa. Cette condition est remplie dans le premier alinéa du *Télémaque*. Par la première phrase, l'attention a été attirée, excitée, puis satisfaite ; mais l'attention satisfaite fait naître aussitôt la curiosité du lecteur ; il se demande que faisait la déesse en proie à la peine et à la douleur. L'attention est donc de nouveau attirée ; elle est suspendue dans le cours de l'alinéa et satisfaite par la dernière phrase, comme on va le voir.

Calypso ne pouvait se consoler du départ d'Ulysse. Dans sa douleur, elle se trouvait malheureuse d'être immortelle. Sa grotte ne résonnait plus de son chant ; les nymphes qui la servaient n'osaient lui parler. Elle se promenait souvent seule sur les gazons fleuris dont un printemps éternel bordait son île; mais ces beaux lieux, loin de modérer sa douleur, ne faisaient que lui rappeler le triste souvenir d'Ulysse, qu'elle y avait vu tant de fois auprès d'elle. Souvent elle demeurait immobile sur le rivage de la mer, qu'elle arrosait de ses larmes, et elle était sans cesse tournée vers le côté où le vaisseau d'Ulysse, fendant les ondes, avait disparu à ses yeux.

Le sens doit être encore suspendu dans le chapitre, dans le livre.

De ce besoin de l'homme de sentir son attention attirée, suspendue, puis satisfaite, est né le *style périodique.*

Le style périodique est celui dont une ou plusieurs propositions, d'une longueur à peu près égale, présentent un sens suspendu, qui se complète dans une dernière qui les suit. Ainsi la phrase suivante de Fénelon appartient au style périodique :

Depuis que des hommes savants et judicieux sont remontés aux véritables règles, —

on n'abuse plus, comme autrefois, de l'esprit et de la parole.

Le sens de cette phrase est suspendu dans la première proposition et complété dans la seconde. La proposition s'appelle *membre de la période.*

On appelle *incise,* dans le style périodique, deux ou plusieurs propositions renfermées dans un membre. Ainsi dans le membre suivant il y a deux incises :

Quand Dieu laisse sortir du puits de l'abyme la fumée qui obscurcit le soleil, selon l'expression de l'Apocalypse ; —

quand, pour punir les scandales ou pour réveiller les

peuples et les pasteurs, il permet à l'esprit de séduction de tromper les âmes hautaines et de répandre partout un chagrin superbe, une indocile curiosité et un esprit de révolte, etc.

Il y a des périodes à deux membres, comme celle de Fénelon que je viens de citer ; il y en a à trois membres, comme la suivante de Bossuet, dans l'oraison funèbre de Condé :

Trois fois le jeune vainqueur s'efforça de rompre ces intrépides combattants, —

trois fois il fut repoussé par le valeureux comte de Fontaines, —

qui, porté de rang en rang dans sa chaise, faisait voir qu'une âme guerrière est maîtresse du corps qu'elle anime.

Il y a des périodes à quatre membres, que l'on appelle *rondes* ou *carrées ;* telle est la suivante de Bossuet :

Nos troupes semblent rebutées autant par la résistance des ennemis que par l'effroyable disposition des lieux, —

et le prince se vit quelque temps comme abandonné. —

Mais, comme un autre Machabée, son bras ne l'abandonna pas, —

et son courage, irrité par tant de périls, vint à son secours.

On rencontre, mais rarement, des périodes à cinq membres.

Le style périodique ne doit point être toujours employé, il engendrerait la monotonie. On ne doit s'en servir que lorsque le sujet que l'on traite le demande.

Au style périodique est opposé le style coupé, dont le sens finit avec chaque proposition ; ainsi : *Calypso ne pouvait se consoler du départ d'Ulysse. Dans sa douleur, elle se trouvait malheureuse d'être immortelle. Sa grotte ne résonnait plus de son chant; les nymphes qui la servaient n'osaient lui parler.*

On trouvera des observations utiles sur le style périodique, observations que je ne puis rapporter ici, dans l'ouvrage : *L'Art d'acquérir la science et d'apprendre à écrire.*

ARTICLE XIV

Les alinéas, les articles, les chapitres doivent être liés entre eux par des transitions.

Cette condition est absolument essentielle au style. De même que les phrases doivent être unies entre elles, de même les alinéas, les articles et les chapitres doivent être rattachés les uns aux autres. Notre esprit demande que l'attention soit suspendue, qu'on lui laisse quelque chose à deviner ; mais il exige aussi qu'on le fasse passer d'un ordre d'idées à un autre, par une liaison naturelle et agréable.

Dans l'oraison funèbre de Condé par Bossuet, les deux phrases suivantes unissent l'alinéa qui les renferme à celui qui précède :

Dès cette première campagne, après la prise de Thionville, digne prix de la victoire de Rocroi, il passa pour un capitaine également redoutable dans les siéges et dans les batailles. Mais voici, dans un jeune prince victorieux, quelque chose qui n'est pas moins beau que la victoire.

La première phrase appartient par le sens à l'alinéa précédent; la seconde à l'alinéa suivant.

Les transitions sont naturelles, comme ces mots

Tout à coup, qui unissent le second alinéa du *Télémaque* au premier; ou elles sont artificielles, comme celle qui précède.

ARTICLE XV

Du mouvement.

Qu'est-ce que le mouvement en littérature?

On serait tenté de répondre tout d'abord que le mouvement du style est le résultat de la proportion des membres de la phrase, du nombre de leurs syllabes; il n'en est pas pourtant ainsi. La coupe de la phrase, le nombre de syllabes produisent la cadence et non le mouvement.

Le mouvement en littérature est l'espèce de branle que l'on donne aux idées. L'écrivain qui a un sujet à traiter, le médite, l'approfondit, en trace le plan, met en ordre les idées; l'exécution du plan, les idées se succédant les unes aux autres, avec ordre et liaison, produisent comme une oscillation; cette sorte d'oscillation est le mouvement du style. Le mouvement du style peut être comparé à celui d'un pendule. Dans le mouvement du pendule, il y a deux choses: le mouvement uniforme en lui-même, et la cause de ce mouvement uniforme, le point de suspension. Ainsi, dans le style, il y a le mouvement des idées proprement dit, et la cause de ce mouvement, c'est-à-dire *l'idée mère,* que l'on développe d'une manière claire et avec un ordre naturel.

Je vais donner en exemple le commencement de la première Philippique de Démosthène.

Si vous aviez, Athéniens, à délibérer sur une affaire nouvelle, j'aurais laissé parler vos orateurs habituels, et si leur avis m'avait paru utile, j'aurais gardé le silence; sinon, j'aurais essayé moi-même de vous proposer le mien. Mais, comme je vois qu'après tout ce qu'ils vous ont déjà dit, vous revenez sur les mêmes objets, j'espère qu'on me pardonnera de prendre la parole le premier; d'autant plus que, si par le passé leurs conseils avaient répondu à vos besoins, vous ne seriez point dans la nécessité de délibérer encore aujourd'hui.

D'abord, Athéniens, vous ne devez pas vous laisser abattre par les circonstances, quelque fâcheuses qu'elles soient. Ce qui a causé vos malheurs par le passé doit principalement vous donner des espérances pour l'avenir. Comment cela? C'est pour n'avoir rien fait de ce qu'il faut, que vos affaires vont aussi mal; car, si vous ne les aviez pas négligées et qu'elles fussent dans cette situation, il n'y aurait plus d'espoir qu'elles pussent jamais aller mieux. Ensuite, vous devez vous rappeler ce que vous avez entendu dire, ce que vous savez pour en avoir été vous-mêmes les témoins, quelle était, il n'y a pas longtemps, la puissance de Lacédémone, et cependant avec quel noble courage, loin de rien faire d'indigne de vous, vous soutîntes la guerre contre elle pour la liberté de toute la Grèce!

Quel est mon but en parlant ainsi? c'est de vous convaincre, Athéniens, que vous n'avez rien à craindre tant que vous serez sur vos gardes, mais rien à espérer de conforme à vos désirs, si vous restez dans l'inaction: témoin les forces immenses de Lacédémone dont vous avez triomphé, parce que vous aviez l'esprit à vos affaires, et l'insolence actuelle de Philippe qui nous jette dans les plus vives alarmes, parce que nous ne songeons à rien.

Philippe, dira-t-on, avec toutes les forces dont il dispose et toutes les places qu'il nous a prises, n'est pas facile à vaincre. Je le sais, Athéniens, mais n'oublions pas que nous avions autrefois, sous notre domination, Pydna, Potidée, Méthone, tous les lieux circonvoisins; que plusieurs des peuples qui lui sont maintenant soumis étaient libres et indépendants, plus jaloux de notre amitié que de la sienne. Si donc Philippe eût pensé alors qu'étant dépourvu d'alliés, il ne lui était pas facile de vaincre une république maîtresse de places importantes qui dominaient ses frontières, jamais il n'eût obtenu tant de succès, jamais il n'eût acquis tant de puissance. Mais toutes ces places, ô Athéniens, il les regardait comme le prix que la guerre étale aux yeux des combattants; il savait que, selon le cours ordinaire des choses, l'absent est dépouillé par le présent, le lâche par qui ne craint ni travaux ni périls. Mettant ces sentiments en pratique, il a tout conquis et possède tout, et ce qu'il n'a point emporté par les armes, il l'a obtenu à titre d'alliance; car on s'allie toujours, et on s'attache à celui qu'on voit préparé à tout événement et prêt à l'action.

Si donc vous raisonnez de même que Philippe, du moins aujourd'hui, puisque vous ne l'avez pas fait plus tôt; si chacun de vous, lorsqu'il en sera besoin, et qu'il pourra se rendre utile, se dispose de bonne foi à servir la république, les riches en contribuant de leurs biens, les jeunes en payant de leurs personnes; en un mot, si vous voulez agir par vous-mêmes et si chacun de vous cesse d'espérer que les autres feront tout pour lui, sans que lui-même ait rien à faire; alors, s'il plaît à Dieu, vous rétablirez vos affaires, vous réparerez les pertes causées par votre négligence, et vous châtierez cet homme. Car, ne vous figurez pas que sa condition présente repose, comme celle d'un dieu, sur une base impérissable. Il en est, Athéniens, il en est qui le haïssent, qui le craignent, qui lui portent envie, parmi ceux-mêmes qu'on lui croit le plus dévoués; et les amis de sa fortune ont des passions sans doute, comme les autres hommes. S'ils tremblent maintenant devant sa puissance, c'est qu'ils ne voient autour d'eux aucun refuge, grâce à cette inaction où vous languissez, et dont il faut sortir sans délai. Voyez, en effet, vous-mêmes, à quel degré d'insolence Philippe en est venu : il ne vous laisse plus le choix entre l'action et le repos; il vous menace, et même, dit-on, dans les termes les plus arrogants. Il n'est pas homme à se contenter de ses premières conquêtes; mais tandis que nous temporisons et que nous restons immobiles, il avance toujours et nous enveloppe de toutes parts.

Quand donc, Athéniens, quand ferez-vous ce qu'il convient de faire? qu'attendez-vous? un événement? la nécessité? Eh! qu'est-ce donc qui passe sous nos yeux? Quant à moi, la plus pressante nécessité que je connaisse pour des hommes libres, c'est le déshonneur des mauvaises affaires. Voulez-vous toujours, dites-moi, vous promener dans la place publique, vous demandant les uns aux autres : « Que dit-on de nouveau? » Eh! qu'y a-t-il de plus nouveau qu'un Macédonien vainqueur d'Athènes et dominateur de la Grèce? « Philippe est-il mort? — Non, mais il est malade. » Que vous importe? s'il lui arrivait malheur, vous feriez bientôt surgir un autre Philippe, avec cette attention que vous apportez à vos affaires. Oui, c'est moins à ses forces qu'à votre négligence qu'il doit tous ses succès, etc. (1).

(1) Traduction de M. Lemoine.

CHAPITRE III

CARACTÈRES COMMUNS ET PARTICULIERS DU STYLE DE BOSSUET, BOURDALOUE, MASSILLON, FÉNELON, VOLTAIRE, J.-J. ROUSSEAU, MIRABEAU, BERRYER, THIERS.

ARTICLE Ier

Caractères communs.

Comme je viens de le montrer, il y a des qualités essentielles au style, sans lesquelles le style n'existe pas, et qui sont propres à tout auteur qui sait écrire. Je vais transcrire un passage des écrivains que je nomme dans l'intitulé du Chapitre, afin de montrer que tous possèdent ces qualités essentielles. Mais, pour ne point ajouter inutilement à ce traité, je me contenterai de donner une ligne à chaque membre, et d'indiquer le nombre des syllabes et les terminaisons masculines et féminines ; le lecteur trouvera, sans que je les note, les autres conditions.

§ I. Style de Bossuet.

Ainsi les Calvinistes,	t.	f.	6 s.
plus hardis que les Luthériens,	t.	m.	8 s.
ont servi à établir les Sociniens,	t.	m.	11 s.
qui ont été plus loin qu'eux,	t.	m.	7 s.
et dont ils grossissent tous les jours le parti.	t.	m.	11 s.

Les sectes infinies des Anabaptistes	t. f.	10	s.
sont sorties de cette même source ;	t. f.	7	s.
et leurs opinions, mêlées au calvinisme,	t. f.	11	s.
ont fait naître les Indépendants,	t. m.	8	s.
qui n'ont point eu de bornes,	t. f.	6	s.
parmi lesquels on voit les Trembleurs, gens fanatiques,	t. f.	13	s.
qui croient que toutes leurs rêveries leurs sont inspirées,	t. f.	13	s.
et ceux qu'on nomme *Chercheurs*,	t. m.	6	s.
à cause que, dix-sept cents ans après Jésus-Christ,	t. m.	12	s.
ils cherchent encore la religion	t. m.	8	s.
et n'en ont point d'arrêtée (1).	t. f.	7	s.

§ II. Style de Bourdaloue.

Ces paroles sont bien différentes de celles	t. f.	10	s.
que nous voyons communément gravées	t. f.	10	s.
sur les tombeaux des hommes.	t. f.	6	s.
Quelque puissants qu'ils aient été,	t. m.	8	s.
à quoi se réduisent ces magnifiques éloges qu'on leur donne	t. f.	14	s.
et que nous lisons sur ces superbes mausaulées,	t. f.	12	s.
que leur érige la vanité humaine?	t. f.	10	s.
A cette triste inscription :	t. m.	6	s.
« *Hic jacet;* ce grand, ce conquérant,	t. m.	9	s.
cet homme tant vanté dans le monde	t. f.	8	s.
est ici couché sous cette pierre	t. f.	9	s.

(1) Oraison funèbre de la reine d'Angleterre.

et enseveli dans la poussière , t. f. 11 s.
sans que tout son pouvoir et toute sa grandeur t. m. 11 s.
l'en puisse tirer. » t. m. 5 s.
Mais il en va bien autrement t. m. 8 s.
à l'égard de Jésus-Christ. t. m. 7 s.
A peine a-t-il été enfermé dans le sein de la terre , t. f. 15 s.
qu'il en sort , dès le troisième jour, t. m. 8 s.
victorieux et tout brillant de lumière ; t. f. 11 s.
en sorte que ces femmes pieuses , qui le viennent chercher t. m. 12 s.
et qui , ne le trouvant pas , en veulent avoir des nouvelles , t. f. 14 s.
n'en apprennent rien autre chose , t. f. 7 s.
sinon qu'il est ressuscité et qu'il n'est plus là. t. m. 13 s.
Au lieu donc que la gloire des grands du siècle t. f. 10 s.
se termine au tombeau , t. m. 6 s.
c'est dans le tombeau t. f. 5 s.
que commence la gloire de ce Dieu-Homme (1). t. f. 9 s.

§ III. Style de Massillon.

Ce n'est pas pour vous rappeler t. m. 8 s.
des idées de feu et de sang , t. m. 8 s.
et par le souvenir de vos victoires passées, t. f. 12 s.
vous animer à de nouvelles , t. f. 8 s.

(1) Sermon pour le jour de Pâques.

que je viens, dans le sanctuaire de la paix,	t.	m.	11	s.
mêler un discours évangélique	t.	f.	9	s.
à une cérémonie sainte.	t.	f.	7	s.
La parole dont j'ai l'honneur d'être le ministre	t.	f.	11	s.
est une parole de réconciliation et de vie,	t.	f.	14	s.
destinée à réunir les Grecs et les Barbares;	t.	f.	13	s.
à faire habiter ensemble,	t.	f.	7	s.
selon l'expression d'un prophète,	t.	f.	8	s.
les lions, les aigles et les agneaux;	t.	m.	9	s.
à rassembler, sous un même chef,	t.	m.	8	s.
toute langue, toute tribu et toute nation;	t.	m.	9	s.
à calmer les passions des princes et des peuples,	t.	f.	11	s.
confondre leurs intérêts, anéantir leurs jalousies,	t.	f.	14	s.
borner leur ambition, inspirer les mêmes désirs	t.	m.	13	s.
à ceux qui doivent avoir la même espérance;	t.	f.	11	s.
et si elle propose quelquefois	t.	m.	8	s.
des guerres et des combats,	t.	m.	6	s.
ce sont des guerres qui se terminent toutes dans le cœur	t.	m.	12	s.
et des combats de la grâce (1).	t.	f.	7	s.

(1) Discours pour la bénédiction des drapeaux du régiment de Catinat.

§ IV. Style de Fénelon.

Vous venez d'entendre, mes frères,	t. f.	7 s.
tout ce que j'ai dit à ce prince.	t. f.	8 s.
Eh! que n'ai-je osé lui dire,	t. f.	8 s.
et que ne devais-je pas oser lui dire,	t. f.	10 s.
puisqu'il n'a craint	t. m.	4 s.
que d'ignorer la vérité?	t. m.	8 s.
La plus forte louange	t. f.	6 s.
l'honorerait infiniment moins	t. m.	8 s.
que la liberté épiscopale	t. f.	9 s.
avec laquelle il veut être loué (1).	t. m.	10 s.

Autre exemple, tiré du Télémaque :

Quand mon tour fut venu,	t. m.	8 s.
je n'eus pas de peine à répondre,	t. f.	8 s.
parce que je n'avais pas oublié	t. m.	9 s.
ce que Mentor m'avait dit souvent.	t. m.	9 s.
Le plus libre de tous les hommes,	t. f.	7 s.
répondis-je,	t. f.	3 s.
est celui qui peut être libre	t. f.	7 s.
dans l'esclavage même.	t. f.	5 s.
En quelque pays	t. m.	5 s.
et en quelque condition qu'on soit,	t. m.	8 s.
on est très-libre,	t. f.	4 s.
pourvu qu'on craigne les dieux	t. m.	7 s.
et qu'on ne craigne qu'eux.	t. m.	7 s.

(1) Discours pour le sacre de l'électeur de Cologne.

§ V. Style de Voltaire.

Ce n'est pas seulement	t. m.	6	s.
la vie de Louis XIV	t. f.	7	s.
qu'on prétend écrire ,	t. f.	5	s.
on se propose	t. f.	4	s.
un plus grand objet.	t. m.	5	s.
On veut essayer	t. m.	5	s.
de peindre à la postérité ,	t. m.	8	s.
non les actions d'un seul homme ,	t. f.	7	s.
mais l'esprit des hommes	t. f.	5	s.
dans le siècle le plus éclairé	t. m.	8	s.
qui fût jamais.	t. m.	4	s.
Tous les temps ont produit	t. m.	6	s.
des héros et des politiques ;	t. f.	8	s.
tous les peuples ont éprouvé	t. m.	7	s.
des révolutions ;	t. m.	5	s.
toutes les histoires sont presque égales	t. f.	8	s.
pour qui ne veut mettre	t. f.	5	s.
que des faits dans sa mémoire.	t. f.	7	s.
Mais quiconque pense ,	t. f.	4	s.
et, ce qui est encore plus rare ,	t. f.	8	s.
quiconque a du goût ,	t. m.	5	s.
ne compte que quatre siècles	t. f.	5	s.
dans l'histoire du monde.	t. f.	5	s.
Ces quatre âges heureux	t. m.	5	s.
sont ceux où les arts	t. m.	5	s.
ont été perfectionnés ,	t. m.	7	s.
et qui , servant d'époque	t. f.	6	s.
à la grandeur de l'esprit humain ,	t. m.	9	s.

sont l'exemple	t. f.	3 s.
de la postérité (1).	t. m.	6 s.

§ VI. Style de J.-J. Rousseau.

Si la matière mue	t. f.	5 s.
me montre une volonté,	t. m.	6 s.
la matière mue,	t. f.	4 s.
selon de certaines lois,	t. m.	6 s.
me montre une intelligence.	t. f.	7 s.
Agir, comparer, choisir,	t. m.	7 s.
sont les opérations	t. m.	6 s.
d'un être actif et pensant;	t. m.	7 s.
donc cet être existe.	t. f.	5 s.
Où le voyez-vous exister?	t. m.	8 s.
m'allez-vous dire.	t. f.	4 s.
Non-seulement dans les cieux qui roulent,	t. m.	8 s.
dans l'astre qui nous éclaire;	t. f.	6 s.
non-seulement dans moi-même,	t. f.	7 s.
mais dans la brebis qui paît,	t. m.	7 s.
dans l'oiseau qui vole,	t. f.	5 s.
dans la pierre qui tombe,	t. f.	5 s.
dans la feuille qu'emporte le vent (2).	t. m.	7 s.

§ VII. Style de Mirabeau.

Mais avons-nous le temps	t. m.	6 s.
de l'examiner,	t. m.	5 s.

(1) *Siècle de Louis XIV.*

(2) *Emile*, livre IV.

de sonder ses bases,	t. f.	5 s.
de vérifier ses calculs ?	t. m.	8 s.
Non, non, mille fois non.	t. m.	5 s.
D'insignifiantes questions,	t. m.	7 s.
des conjectures hasardées,	t. f.	7 s.
des tâtonnements infidèles,	t. f.	7 s.
voilà tout ce qui, en ce moment,	t. m.	8 s.
est en notre pouvoir.	t. m.	5 s.
Manquer le moment décisif,	t. m.	8 s.
acharner notre amour-propre	t. f.	7 s.
à changer quelque chose,	t. f.	5 s.
à un ensemble que nous n'avons pas même conçu,	t. m.	12 s.
et diminuer,	t. m.	5 s.
par notre intervention indiscrète,	t. f.	9 s.
l'influence d'un ministre	t. f.	6 s.
dont le crédit financier	t. m.	7 s.
est et doit être plus grand que le nôtre.	t. f.	9 s.
Messieurs, certainement	t. m.	5 s.
il n'y a là ni sagesse ni prévoyance (1).	t. f.	11 s.

§ VIII. Style de Berryer.

Eh bien ! maintenant,	t. m.	4 s.
réfléchissons-y.	t. m.	5 s.
J'ai lu, dans un journal,	t. m.	6 s.
qu'à la façon dont allaient les choses,	t. f.	9 s.
au milieu de ce qu'on appelle	t. f.	8 s.
cette logomachie inutile de la tribune,	t. f.	12 s.
au milieu de ces déclamations dérisoires	t. f.	12 s.

(1) Discours sur la contribution du quart.

de toutes les oppositions réunies,	t.	f.	10	s.
la France se dégoûterait,	t.	m.	7	s.
qu'enfin il arriverait un moment	t.	m.	9	s.
où elle se dirait :	t.	m.	5	s.
Je serais bien mieux gouvernée	t.	f.	8	s.
si je n'avais pas de députés.	t.	m.	9	s.
De telles paroles	t.	f.	4	s.
pourraient permettre des hypothèses	t.	f.	8	s.
dont je m'abstiens ;	t.	m.	4	s.
il me suffira de dire	t.	f.	7	s.
que je trouve mauvaise,	t.	f.	5	s.
que je trouve dangereuse, redoutable,	t.	f.	9	s.
une loi qui soustrait absolument les militaires	t.	f.	14	s.
à la justice du pays (1).	t.	m.	7	s.

§ IX. Style de Thiers.

J'aurais voulu, hier,	t.	m.	5	s.
épargner à l'Assemblée	t.	f.	7	s.
la fatigue d'une séance de plus,	t.	m.	8	s.
et je m'excuse	t.	f.	4	s.
d'avoir arrêté le vote	t.	f.	7	s.
en annonçant	t.	m.	4	s.
que je prendrais la parole.	t.	f.	7	s.
Mais l'Assemblée comprendra	t.	m.	7	s.
que, dans une question aussi grave,	t.	f.	8	s.
le Gouvernement aurait manqué à ses devoirs,	t.	m.	12	s.

(1) Discours prononcé à la Chambre des députés, dans la séance du 6 mars 1837.

s'il n'avait fait connaître	t.	f.	6 s.
toute sa pensée.	t.	f.	4 s.
Il s'agit du plus grand intérêt du pays,	t.	m.	12 s.
et, si nous nous trompions,	t.	m.	6 s.
l'avenir de la France serait,	t.	m.	8 s.
non pas détruit,	t.	m.	4 s.
il ne peut pas l'être,	t.	f.	5 s.
mais compromis (1).	t.	m.	4 s.

ARTICLE II

Caractères particuliers aux styles des trois derniers siècles et à leurs écrivains les plus remarquables.

Puisque chaque auteur a son style, je vais dire quels sont les caractères particuliers à chacun des écrivains dont j'ai parlé plus haut. Mais comme le style c'est l'homme, et que l'homme porte avec lui l'empreinte de son siècle, il faut aussi que chaque siècle ait son style. Je vais donner les caractères particuliers des XVIIe, XVIIIe et XIXe siècles, je donnerai ensuite les caractères propres à leurs principaux écrivains.

Le style du XVIIe siècle est simple, clair, naturel, pur; il a de la beauté, de l'élégance, de la grâce, de la pompe, de la noblesse, de la magnificence et de la sublimité.

Le style du XVIIIe siècle est moins clair, moins naturel, moins pur, moins noble, moins élégant; il est

(1) Discours prononcé à la Chambre des députés, dans la séance du 8 juin 1872.

rarement magnifique et plus rarement encore sublime. Il est plus gracieux, plus compassé, plus harmonieux.

Le style du XIXe siècle est moins correct, moins pur, moins soutenu encore, et il n'a ni la grâce ni l'harmonie du précédent.

Voici les caractères particuliers aux écrivains :

Le style de Bossuet est mâle, concis, fort, énergique, court et rapide, dans son *Discours sur l'histoire universelle ;* il est fort, énergique, éclatant, pompeux, magnifique et sublime dans ses oraisons funèbres.

Le style de Fénelon est facile, clair, simple, naturel, doux, gracieux, riche, élégant, harmonieux.

Celui de Massillon est clair, correct, pur, nombreux, riche, plein d'élégance et d'harmonie.

Celui de Bourdaloue est clair, correct, pur, nombreux, mâle, beau d'une beauté sévère.

Le style de Voltaire est correct, vif, animé ; dans ses tragédies : beau, riche, élégant.

Le style de J.-J. Rousseau est compassé, harmonieux, doux, mélancolique ; quelquefois beau, magnifique. Il est moins correct que celui de Voltaire.

Le style de Mirabeau est noble, élégant, fort, véhément.

Celui de Berryer est clair, correct, nombreux, énergique, quelquefois magnifique et sublime.

FIN.

TABLE DES MATIÈRES

CHAPITRE III

Caractères communs et particuliers du style de Bossuet, Bourdaloue, Massillon, Fénelon, Voltaire, J.-J. Rousseau, Mirabeau, Berryer, Thiers.

www.ingramcontent.com/pod-product-compliance
Ingram Content Group UK Ltd.
Pitfield, Milton Keynes, MK11 3LW, UK
UKHW020422180726
13839UKWH00003B/1366